dtv

Dichter vom 18. Jahrhundert bis in die jüngste Gegenwart besingen die Nacht. Aus dem großen Fundus an Texten haben die Herausgeber Anton G. Leitner und Gabriele Trinckler für diese Anthologie die schönsten ausgewählt und entführen in eine Mondscheinwelt voll Liebe, Traum und Trunkenheit.

Poetische Nachtstücke von Ani, Eichendorff, Goethe, Klabund, Marti, Morgenstern, Politycki und vielen anderen betören, verstören, berauschen oder verführen zum Tanz und laden ein, die Dunkelheit in all ihren Facetten zu erleben, denn »Tango tönt durch Nacht und Flieder« (Klabund)!

Anton G. Leitner, geboren 1961 in München, lebt als Verleger, Lyriker und Publizist in Weßling (Landkreis Starnberg). 1992 gründete er die Zeitschrift ›Das Gedicht‹, die er bis heute ediert. Er wurde mit vielen Preisen ausgezeichnet. Weitere Informationen unter www.anton-leitner.de.

Gabriele Trinckler, geboren 1966 in Berlin, lebt seit 1999 als Lyrikerin, Herausgeberin und Verlagsangestellte in München. Sie ist Redakteurin der Zeitschrift ›Das Gedicht‹.

Gedichte für Nachtmenschen

Herausgegeben von
Anton G. Leitner und
Gabriele Trinckler

Deutscher Taschenbuch Verlag

Von Anton G. Leitner
sind im Deutschen Taschenbuch Verlag erschienen:
Die Arche der Poesie (13561)
sowie in der *Reihe Hanser*:
SMS-Lyrik (62124)
Zum Teufel, wo geht's in den Himmel? (62228)
Zu mir oder zu dir? (62341)

Originalausgabe
Dezember 2008
Deutscher Taschenbuch Verlag GmbH & Co. KG,
München
www.dtv.de
© 2008 Deutscher Taschenbuch Verlag, München
Umschlagkonzept: Balk & Brumshagen
Umschlagbild: Corbis/Images.com
Gesetzt aus der Janson Text
Gesamtherstellung: Druckerei C. H. Beck, Nördlingen
Gedruckt auf säurefreiem, chlorfrei gebleichtem Papier
Printed in Germany · ISBN 978-3-423-13726-3

Inhalt

Feierabend! Die Gassen schweigen

7

Das hat die Sommernacht getan

25

Tango tönt durch Nacht und Flieder

45

Der Schlaf schickt seine Scharen in die Nacht

75

Herrlich ist die Nacht erblüht

99

Nachwort

125

Quellennachweis

129

Feierabend!
Die Gassen schweigen

Karl Krolow

Handstreiche der Dämmerung

Handstreiche der Dämmerung: –
Die Radler verirren sich
Im blauen Staub des Himmels
Und kommen zu Fall.
Der Nachmittag erscheint noch einmal
Als Film auf heißen Ziegelwänden.
Passanten schütteln den Kopf
Und bekennen seinen Abschied.
Das Zwielicht macht aus einer
Entblößten Brust im Hauseingang
Ein schwarzes Idyll.
Eine rasche Bewegung zerstört es,
Während die Schatten der Abendkleider
Vorüberhuschen.

Nun kann die Nacht kommen
Und die Bilderrätsel lösen!

Alfred Lichtenstein

In den Abend

Aus krummen Nebeln wachsen Köstlichkeiten.
Ganz winzge Dinge wurden plötzlich wichtig.
Der Himmel ist schon grün und undurchsichtig
Dort hinten, wo die blinden Hügel gleiten.

Zerlumpte Bäume strolchen in die Ferne.
Betrunkne Wiesen drehen sich im Kreise,
Und alle Flächen werden grau und weise …
Nur Dörfer hocken leuchtend: rote Sterne –

Sabina Naef

Dämmerung

die Laternen strecken
unaufhaltsam ihre Fühler aus
ein Mann hält inne
den Hut in der Hand
eine Taube hält Zwiesprache
mit dem fliehenden Tag

Gerrit Engelke

Katzen

Bleib noch länger goldnes Dämmern –
Wie wird der Tag schon matt und blauer –
Verstummt ist Lärm und Werkstatthämmern.
Die Nacht liegt auf der Lauer –

Der Schlüssel schließt die Häusertore.
Nun Wandrer meide die dunkle Mauer –
Das Licht ist aus – es klingt im Ohre –
Liegen Strolche auf der Lauer? –

Hinauf die knarrenden Windeltritte.
Die Gasse wäscht ein Regenschauer.
Bald nahen im Schlafe weiche Schritte:
Der Traum liegt auf der Lauer –

Gottfried Benn

Schöner Abend

Ich ging den kleinen Weg, den oft begangenen,
und diesen Abend war er seltsam klar,
man sah ihn schon als einen herbstbefangenen,
obschon es mitten noch im Sommer war.

Die Himmelsblüte hatte weisse Dolden,
die Wolken blätterten das Blau herab,
auch arme Leute wurden golden,
was ihrem Antlitz Glück und Lächeln gab.

So auch in mir, – den immer graute
früh her, verschlimmert Jahr und Jahr
entstand ein Sein, das etwas blaute –
und eine Stunde ohne Trauer war.

Ulrich Johannes Beil

Galaktisches Licht

Am Ende des Tages, wenn alles gesagt und fast alles
abgelegt wurde (Kleider, Haltungen, fixe Ideen),
wenn Kraft nur zum Murmeln noch bleibt, zum
      Verstreuen
von Wörtern, untätigem Tun, ohne daß eine
      Schaltstelle

verantwortlich wäre oder ein Dämon …
Wenn dunkle Fetzen (Schwalben? Gedanken?) um
      den Wolkenkratzer
spuken und ein Jet sie gelassen durchstreicht:
Sag noch einmal etwas Verbindliches! Oder sag mir
      jemand,

der es weiß! Es ist die Stunde, da das Blau schwarz und
schwärzer wird, da alles abrutscht, während du gern
      etwas
festhalten würdest, und sei es ein Quentchen Schmerz,
klar umrissen wie eine Hostie oder ein Aspirin,

aber noch im Liegen gleitest du, gleitet es unter dir,
dieses Stück Boden scheint nicht verläßlich genug, um
   deine vier
Gliedmaßen einzuzeichnen, das Signal, daß es dich
   einmal hier gab –
mich, uns, euch –, des Mikrokosmos eingebildete
   Erben.

Die Silhouette der Stadt, nachts: als seien heimlich
Ufos gelandet, monströses Gerät, unnahbar fremd
   dem,
was vor Zeiten hier lebte (Flechten, Schmetterlinge,
   Schlingpflanzen).
Mit galaktisch gepunktetem Licht offenbaren sie

ihre astrale Komplizenschaft – und oben, zwischen
   Antennen,
zeigen die roten Warnlampen an, daß hier zu wohnen
letztlich dem Aufenthalt in einem Grab gleicht.
Was jetzt noch übrig ist, hat das Recht, für sich zu sein.

Der von der Hochhauskante durchschnittene Blitz.
Die Frau im Fenster-
spalt, den Büstenhalter lösend. Das zu den Rändern hin
verfärbte Blatt Papier. Ich lasse sie so, wie sie gerade
sind.
Stecke einen Bezirk ab, der weiß bleibt.

Arno Holz

In einen brennenden Abendhimmel,
aus Staub und Dunkel,
steigt der Dom.

Die Glocken läuten.

Die kleinen Linden stehen schwarz,
vor ihren Türen sitzen alte Leute.

Feierabend!

Die Gassen schweigen.

Die Glut erlischt,
am Himmel
leise
ziehn die ewigen Sterne auf.

Otto Julius Bierbaum

Gegen Abend

(Herrn Felix vom Rath zugeeignet.)

Nun hängt nur noch am Kirchturmknopf
Der letzte Sonnenschein;
Bald werden auch die Höhen
Ganz ohne Sonne sein.

Und Silberglanz dann überall;
Des Mondes blasses Licht
Umschüttet unsre Laube,
Umleuchtet dein Gesicht.

Der Mond, das Licht der Küsse,
Das alles zaubrisch macht:
Komm, Nacht, mit deinen Gnaden,
Du liebereiche Nacht!

Jürgen Kross

verlöre im raum. bewegung
der
luft sich. rauschend

der nacht zu. und sinkend
dort
unter die wipfel.

Christian Morgenstern

Abenddämmerung

Eine runzelige Alte,
schleicht die Abenddämmerung,
gebückten Ganges
durchs Gefild
und sammelt und sammelt
das letzte Licht
in ihre Schürze.

Vom Wiesenrain,
von den Hüttendächern,
von den Stämmen des Walds,
nimmt sie es fort.
Und dann
humpelt sie mühsam
den Berg hinauf
und sammelt und sammelt
die letzte Sonne
in ihre Schürze.

Droben umschlingt ihr
mit Halsen und Küssen
ihr Töchterchen Nacht
den Nacken

und greift begierig
ins ängstlich verschlossene
Schurztuch.

Als es sein Händchen
wieder herauszieht,
ist es schneeweiß,
als wär' es mit Mehl
rings überpudert.

Und die Kleine,
längst gewitzt,
tupft mit dem
niedlichen Zeigefinger
den ganzen Himmel voll
und jauchzt laut auf
in kindlicher Freude.
Ganz unten aber
macht sie einen großen,
runden Tupfen –
das ist der Mond.

Mütterchen Dämmerung
sieht ihr mit mildem
Lächeln zu.
Und dann geht es
langsam
zu Bette.

Rainer Maria Rilke

Dame auf einem Balkon

Plötzlich tritt sie, in den Wind gehüllt,
licht in Lichtes, wie herausgegriffen,
während jetzt die Stube wie geschliffen
hinter ihr die Türe füllt

dunkel wie der Grund einer Kamee,
die ein Schimmern durchläßt durch die Ränder;
und du meinst der Abend war nicht, ehe
sie heraustrat, um auf das Geländer

noch ein wenig von sich fortzulegen,
noch die Hände, – um ganz leicht zu sein:
wie dem Himmel von den Häuserreihn
hingereicht, von allem zu bewegen.

Das hat
die Sommernacht getan

Klabund

Mond und Mädchen

Es kriecht der kahle Mond durch Zweiggeäder,
Ob wo im Haus ein Mädchen wohnt,
Ein warmes Bett, ein daunenweicher Leib,
Es wärmt zur Winternacht sich gern ein jeder …
O Mädel, bleib, du schlanke Zeder!

Der Mond tastet am Fensterglase
Und zittert vor Begier und Frost …
Das Mädel schlägt ihm vor der Nase
Die Läden zu und höhnt: Gib Ruh!
Alten Gliedern ziemt nicht junger Most!

Er aber hat den Finger in der Fensterspalte,
Ob ihrer Kissen eine Falte er nicht erspähe,
Er ihre Blicke, braune Rehe,
Über der Brüste Sommerhügel
Zärtlich schreiten sehe.

Wilhelm Busch

Ständchen

Der Abend ist so mild und schön.
Was hört man da für ein Getön??
Sei ruhig, Liebchen, das bin ich,
Dein Dieterich,
Dein Dietrich singt so inniglich!!
Nun kramst du wohl bei Lampenschein
Herum in deinem Kämmerlein;
Nun legst du ab der Locken Fülle,
Das Oberkleid, die Unterhülle;
Nun kleidest du die Glieder wieder
In reines Weiß und legst dich nieder.
Oh, wenn dein Busen sanft sich hebt,
So denk, daß dich mein Geist umschwebt.
Und kommt vielleicht ein kleiner Floh
Und krabbelt so –
Sei ruhig, Liebchen, das bin ich,
Dein Dieterich.
Dein Dietrich, der umflattert dich!!

Johann Wilhelm Ludwig Gleim

Geschäfte

Mir deucht, so oft ich schlafe,
Schlaf ich bei lauter Mädchen;
Und immer, wenn ich träume,
Träum' ich von nichts als Mädchen;
Und wenn ich wieder wache,
Denk ich an nichts als Mädchen;
Im Schlaf, im Traum, im Wachen
Spiel ich mit lauter Mädchen.

Markus Bundi

Drehe mich
der Schlaf will mich nicht
ich wanke ins Bad
in meiner Augenbraue
verfangen eins
deiner langen Haare
verlege mich aufs Sofa
in leiser Aufregung

Ludwig Uhland

Traumdeutung

Gestern hatt' ich geträumt, mein Mädchen am
   Fenster zu sehen,
Doch was sah ich des Tags? Blumen der Lieblichen nur.
Heute nun war mir im Traum, als säh' ich am Fenster
   die Blumen,
Darum schau' ich gewiß heute die Liebliche selbst.

Friedrich Rückert

Ich lag von sanftem Traum umflossen
Und fühlte selig mich in dir.
Als ich die Augen aufgeschlossen,
Da hingst du lächelnd über mir.

Wie gerne mag dein Traum zerstieben,
Von deinem Kuß hinweggeflößt.
Wie hast du schön dich selbst vertrieben,
Wie schön dich selbst hier abgelöst!

Heinrich Wilhelm von Gerstenberg

Das schlafende Mädchen

Schlummre, schlummre sanft, o Schöne!
Stört sie nicht, der Nachtigallen Töne!
Sterblich ist sie nicht: ach nein!
Eine Göttin muß sie sein.
O ich will auf diesen Auen
Gleich ihr einen Altar bauen;
Weihrauch will ich auf ihn streun:
Ja! – sie kann nicht sterblich sein.
Aber wenn sie nun erwachet;
Freundlich diese Wange lachet –
Armes Herz! wie wird dirs gehn!
O wie schlummert sie so schön!

Otto Julius Bierbaum

Maikaterlied

Maikater singt die ganze Nacht:
Der Frühling ist erwacht, erwacht,
Der Frühling ist erwacht!
Gleich einem Reif trägt er den Schwanz;
Wärn Blätter dran, so wärs ein Kranz;

Er flötet:
Oh holde Mimamausamei,
Wer dich zu lieben wagt, der sei
Getötet!
Ich ganz alli-alla-allein,
Nur ich darf dein Geschpusi sein,
Bis daß es morgenrötet.

Im Mai sind alle Blätter grün,
Im Mai sind alle Kater kühn
Und alle Jüngelinge.
Und wer ein Herz hat, faßt sich eins,
Und wär sich keins faßt, hat auch keins;
Singe mein Kater, singe!

Anna Breitenbach

la rose vampire

sie treibt sich gegen
morgen unnachgiebig

vom nächtlich langen
beute machen lieben
jagen recht rosenmüd
sie schont sich nicht!

in ihre dunkle kammer
wo sie sich hütet vor
dem harten bösen licht
und weil sie so auch
langsamer verblüht

Klabund

Der verliebte Knecht

Die Bäume rings so rege
Sehn mich verwundert an.
Sie wissen meine Wege,
Die heimlich ich getan.

Ich kroch des Nachts behutsam
Dem Nachbar übern Zaun.
Ich möcht nit seine Wut ham,
Er mag mir gar nit traun.

Doch bin ich nit zu fassen
Und grüße ihn devot.
Muß mir sein Weib doch lassen,
Es küßt mich gar zu gut.

Anna Ritter

Das hat die Sommernacht getan

Die Nacht ist keines Menschen Freund –
Was flüsterst du von Treue?
Der Mond erblaßt, der Morgen graut …
Am Bette sitzt die Reue.

Die Reue ist ein häßlich Weib
Und möcht' mich wohl verderben –
Reiß mir das Herz nicht aus dem Leib,
Ich *will* ja noch nicht sterben.

Mein Blut so heiß, dein Mund so süß …
O Gott, wie kannst du küssen!
Das hat die Sommernacht getan,
Daß wir versinken müssen.

Manfred Chobot

gib dir keine mühe

wenn du wach liegst
    eine weitere nacht
neben mir dein körper
strahlt warm zum offenen fenster
    und noch eine nacht
neben dir sind wir umarmt
bis ich mich erhebe
    unterhose und socken suche
zum auto auf dem gästeplatz
mich nach heim starte
    in völliger finsternis
unvorhergesehen
mich weglenke
    und den tagesanbruch
in kleine bestandteile aufbreche

Ole Petras

Tagelied

Als der jugendliche Liebhaber sich im Morgengrauen
vom Lager erhob, stöhnte sie nur leise. »An die
                    Lerchen
kann man sich wohl gewöhnen, aber dieser Tumult!«
Er versprach sich nächstes Mal draußen anzukleiden.

Joachim Ringelnatz

Ferngruß von Bett zu Bett

Wie ich bei dir gelegen
Habe im Bett, weißt du es noch?
Weißt du noch, wie verwegen
Die Lust uns stand? Und wie es roch?

Und all die seidenen Kissen
Gehörten deinem Mann.
Doch uns schlug kein Gewissen.
Gott weiß, wie redlich untreu
Man sein kann.

Weißt du noch, wie wir's trieben,
Was nie geschildert werden darf?
Heiß, frei, besoffen, fromm und scharf.
Weißt du, daß wir uns liebten?
Und noch lieben?

Man liebt nicht oft in solcher Weise.
Wie fühlvoll hat dein spitzer Hund bewacht.
Ja unser Glück war ganz und rasch und leise.
Nun bist du fern.
Gute Nacht.

Adelbert von Chamisso

Verratene Liebe

Da nachts wir uns küßten, o Mädchen,
    Hat keiner uns zugeschaut;
Die Sterne, die standen am Himmel,
    Wir haben den Sternen getraut.

Es ist ein Stern gefallen,
    Der hat dem Meer uns verklagt,
Da hat das Meer es dem Ruder,
    Das Ruder dem Schiffer gesagt.

Da sang derselbe Schiffer
    Es seiner Liebsten vor,
Nun singens auf Straßen und Märkten
    Die Mädchen und Knaben im Chor.

Kurt Marti

wetterumsturz nachts

spät
erhob das meer
einen lauten gesang

oder ging
die freundin
über mir auf?

sturzregen wild –
mein ohr: ihr körper
mein körper: ihr ohr

und blitze
und schnellerer
puls

Ludwig Uhland

Die Abgeschiedenen

So hab' ich endlich dich gerettet
Mir aus der Menge wilden Reihn!
Du bist in meinen Arm gekettet,
Du bist nun mein, nun einzig mein.
Es schlummert Alles diese Stunde,
Nur wir noch leben auf der Welt;
Wie in der Wasser stillem Grunde
Der Meergott seine Göttin hält.

Verrauscht ist all das rohe Tosen,
Das deine Worte mir verschlang,
Dein leises, liebevolles Kosen
Ist nun mein einz'ger, süßer Klang.
Die Erde liegt in Nacht gehüllet,
kein Licht erglänzt auf Flur und Teich;
Nur dieser Lampe Schimmer füllet
Noch unsrer Liebe kleines Reich.

Tango tönt
durch Nacht und Flieder

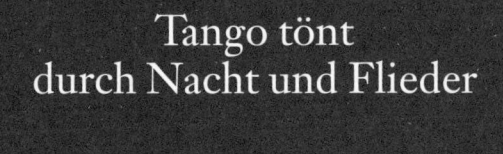

Alfred Lichtenstein

Mädchen

Sie halten den Abend der Stuben nicht aus.
Sie schleichen in tiefe Sternstraßen hinaus.
Wie weich ist die Welt im Laternenwind!
Wie seltsam summend das Leben zerrinnt …

Sie laufen an Gärten und Häusern vorbei,
Als ob ganz fern ein Leuchten sei,
Und sehen jeden lüsternen Mann
Wie einen süßen Herrn Heiland an.

Ernst Stadler

Gang in der Nacht

Die Alleen der Lichter, die der Fluß ins Dunkel
              schwemmt, sind schon erblindet
In den streifenden Nebeln. Bald sind die Staden
              eingedeckt. Schon findet
Kein Laut den Weg mehr aus dem trägen Sumpf, der
              alles Feste in sich schluckt.
Die Stille lastet. Manchmal bläst ein Wind die
              Gaslaternen auf. Dann zuckt
Über die untern Fensterreihen eine Welle dünnen
              Lichts und schießt zurück. Im Schreiten
Springen die Häuser aus dem Schatten vor wie
              Rümpfe wilder Schiffe auf entferntem
              Meer und gleiten
Wieder in Nacht. O diese Straße, die ich so viel
              Monde nicht gegangen –
Nun streckt Erinnerung hundert Schmeichlerarme
              aus, mich einzufangen,
Legt sich zu mir, ganz still, nur schattenhaft, nur wie
              die letzte Welle Dufts von
              Schlehdornsträuchern abgeweht,
Nur wie ein Spalt von Licht, davon doch meine Seele
              wie ein Frühlingsbeet in Blüten steht –

Ich schreite wie durch Gärten. Bin auf einem großen
      Platz. Nebel hängt dünn und flimmernd
      wie durch Silbernetz gesiebt –
Und plötzlich weiß ich: hinter diesen Fenstern dort
      schläft eine Frau, die mich einmal geliebt
Und die ich liebte. Hüllen fallen. Eine Spannung
      bricht. Ich steh bestrahlt, besternt in
      einem güldnen Regen,
Alle meine Gedanken laufen wie verklärt durchs
      Dunkel einer magisch tönenden Musik
      entgegen.

Klabund

Tango

Tango tönt durch Nacht und Flieder.
Ist's im Kurhaus die Kapelle?
Doch es springt mir in die Glieder,
Und ich dreh' mich schnell und schnelle.

Tango – alle Muskeln spannt er.
Urwald und Lianentriebe,
Jagd und Kampf – und wie ein Panther
Schleich ich durch die Nacht nach Liebe.

Rosa Maria Bächer

Nacht bar

Santiago de Cuba, 2005

Platzsuche
zwischen Hockern und
einbeinigen Tischen
zwischen Häuten und Cremes
aus Melasse und Rum.
Hinter Minze und blauem Daiquiri
die Bäuche der Mädchen
die Näbel gespickt von Erwartung
oder Verachtung wer weiß.
Ihre Lippen
fragen nicht lang und sie nippen
am Zuckerrand und an Zigarren
und ihre Brüste wippen
zwischen den Bongos
und schrappen den Maracas nach
so federnd und hüftverspielend
so absolut heiß
die Nacht

Frank Wedekind

Junges Blut

Tanz, mein Liebchen, so wild du
Tanzen kannst, tanzen kannst!
Hurtig tummle dich, wie kein
Satan tanzt, Satan tanzt!
Wirf dir übern Kopf die Schuh,
Wirf dein Röckchen auch dazu!
Schlenkre Fuß und
Waden ohne Ruh!

Bis es knackt, schwing exakt
Auch im tollsten Takt
Hurtig, wie vorher nie,
Deine weißen Knie!
Lustbeflügelt derweil
Zuckt dein Hinterteil.
Frisch fang an, heißer dann,
Als dein erster Tanz begann!

Fitzgerald Kusz

nachtschwärmer

deä schwibs haid nachd
in meim dramm
woä schönnä wäi
jedä rausch am dooch:

edz drinki blouß nu wassä
und wadd aff di nachd

der schwips heut nacht
in meinem traum
war schöner als
jeder rausch am tag

jetzt trink ich nur noch wasser
und warte auf die nacht

Matthias Politycki

Das Guinness-Gleichnis

Die Lehre des Zapfers,
erteilt im *»Brazen Head«* zu Dublin

I.

Halt! sprach der Zapfer, nicht so übereifrig, Mann!
Als ich das Glas bereits ergriffen, das er mir
so en passant am Tresen abgestellt: Ein Guinness,
das brauche seine Zeit, es lebe ja noch, wenn
man's aus dem Faß gepreßt, ich säh's ja selber, wie –
ganz aschfahl grau, erschrocken – wie's noch arbeite
in ihm, bis es zur Ruhe komme. Drei bis vier
Minuten noch, dann hätte sich's gesetzt, ganz schwarz
im Glas, ganz weiß der Schaum, nicht höher als ein hal-
bes Bäffchen und so fest, daß eine Maus darü-
ber laufen könne, ohne die geringsten Spuren
zu hinterlassen. Dann erst! Ja, dann sei's soweit,
dann hätte ich ein gutes Bier. Und bis dahin:
zu denken.

II.

Beschämt sah ich mich um: achthundert Jahre Durst
in dunkler Holzvertäfelung geborgen; und
als meine Zeit gekommen, grub der Zapfer mit
dem Hahn den Umriß einer Harfe in den Schaum,
das Zeichen seiner Brauerei. Doch: Halt! sprach er,
als ich erneut das Glas ergreifen wollte, hatte
erkannt, daß fremd ich war in seiner Stadt und dumm
dazu: Nicht gar so gierig, Mann! Nimm jeden Schluck
mit Maß, so hältst' im Glasesinneren am Ende,
ein Saufring sukzessiv am andern, sehr präzis
die Formel deines Durstes und ganz obendrein
ein Gleichnis. So? Wofür? – *Das* sagt' er nicht. Nun denn,
zum Wohl!

Robert Gernhardt

Theke – Antitheke – Syntheke

Beim ersten Glas sprach Husserl:
»Nach diesem Glas ist Schlusserl.«

Ihm antwortete Hegel:
»Zwei Glas sind hier die Regel.«

»Das kann nicht sein«, rief Wittgenstein,
»Bei mir geht noch ein drittes rein.«

Worauf Herr Kant befand:
»Ich seh ab vier erst Land.«

»Ach was«, sprach da Marcuse,
»Trink ich nicht fünf, trinkst du se.«

»Trinkt zu«, sprach Schopenhauer,
»Sonst wird das sechste sauer.«

»Das nehm ich«, sagte Bloch,
»Das siebte möpselt noch.«

Am Tisch erscholl Gequietsche,
still trank das achte Nietzsche.

»Das neunte erst schmeckt lecker!«
»Du hast ja recht, Heidegger«,

rief nach Glas zehn Adorno:
»Prost auch! Und nun von vorno!«

Jürgen Bulla

Nachtstück, Zusmarshausen

Papierblumen und Frühlingswein,
die siebte Zigarette, deren Rauch
im blauen Neonlicht

des Fliegentöters an der Decke
knistert, während ein Boxkampf
im Fernsehen fünf Gäste

beschäftigt, die nichts ab-
gewinnen dem Blick durch
die Palmen am Fenster

hinüber auf den Kirchturm,
der mitternächtlich kühl
zur neuen Woche läutet.

Klaus Merz

Ausser Rufweite

Gegen Mitternacht fährt
jodelnd ein Mopedfahrer
an meinem Fenster vorbei.
Mit offenem Visier, als zöge
er in einen fröhlichen Krieg.

Wieso nur erschreckt mich
wenig später der Laut
meines brennenden
Zigarettenpapiers?

Johann Wilhelm Ludwig Gleim

An die Schläfrigkeit

Du dumme Schläfrigkeit! hinweg, und laß mich trinken!
Du raubst von meiner Lebenszeit
Mir viel zu viel! ich seh', ich seh' die Sonne sinken,
Des Tages Abend ist nicht weit!

Vielleicht ist auch nicht weit der Abend meines Lebens;
Halt, o du süßer Schlaf, halt ein!
Mich überwältigen willst du? Es ist vergebens,
Du raubst mir Luft und Zeit und Wein.

Der Tod, der stärk're Tod, der alles überwindet,
Den Zepter und den Hirtenstab,
Der, die ihn fliehen, sucht, und allzu leichte findet,
Der legt einmal auch mich in's Grab.

Heinrich Christian Boie

Der Säufer an den Vollmond

    Warum mein lieber Mond, sieht Er
So hoch und kalt auf mich daher?
Doch wol nicht seiner Völle wegen?
O da bin ich ihm überlegen:
Denn Er, mein lieber, weiß Er wol?
Ist Einmal nur im Monat voll!

Friedrich Ani

Der Schauspieler

Und jedesmal trank
er von neuem. Die
Frauen am
Tisch, vor allem
die eine mit
dem schlitzenden
Blick, hörten
ihm scheinohrig
zu, er durchschaute
ihre trübe
Geduld und
vollendete sein
Fragment wie ein
Meister im
Scheitern und
ging.

Er wußte, die
Erde ist rund
und sie dreht
sich auch
nachts, und
der Tisch mit

den Frauen
wär, kosmisch
galant, bald
wieder
da.

Ludwig Uhland

Die Nachtschwärmer

> Eines schickt sich nicht für Alle;
> Sehe Jeder, wie er's treibe,
> Sehe Jeder, wo er bleibe,
> Und wer steht, daß er nicht falle!
> Goethe

Der Unverträgliche

Stille streif ich durch die Gassen,
Wo sie wohnt, die blonde Kleine;
Doch schon seh' ich Andre passen,
Und mir war's im Dämmerscheine,
Einer würd' hineingelassen.
Regt es mir denn gleich die Galle,
Daß sie Andern auch gefalle?
Sei's! doch kann ich nicht verschweigen:
Jeder hab' ein Liebchen eigen!
Eines schickt sich nicht für Alle.

Der Hülfreiche

Zu dem Brunnen, mit den Krügen,
Kommt noch spät mein trautes Mädchen,
Rollt mit raschen, kräft'gen Zügen,
Husch! die Kette um das Rädchen;
Ihr zu helfen, welch Vergnügen!

Ja! ich zog mit ganzem Leibe,
Bis zersprang des Rädchens Scheibe.
Ist es nun auch stehn geblieben,
Haben wir's doch gut getrieben,
Sehe Jeder, wie er's treibe!

Der Vorsichtige

Zwölf Uhr! ist der Ruf erschollen,
Und mir sinkt das Glas vom Munde.
Soll ich jetzt nach Haus mich trollen
In der schlimmen Geisterstunde,
In der Stunde der Patrollen?
Und daheim zum Zeitvertreibe
Noch den Zank von meinem Weibe!
Dann die Nachbarn, häm'sche Tadler! –
Nein! ich bleib' im goldnen Adler,
Sehe Jeder, wo er bleibe!

Der Schwankende

Ei! was kann man nicht erleben!
Heute war doch Sommerhitze,
Und nun hat's Glatteis gegeben;
Daß ich noch aufs Pflaster sitze,
Muß ich jeden Schritt erbeben;
Und die Häuser taumeln alle,
Wenn ich kaum an eines pralle.
Hüte sich in diesen Zeiten,
Wer da wandelt, auszugleiten,
Und wer steht, daß er nicht falle!

Klabund

Musik! Musik!

Musik! Musik! Zusammensein
Mit tausend Tönen, das mich nicht verläßt.
Ich schwinge mich im angesagten Fest
Und bin zu vielen und nicht mehr zu zwein.

Ich bin erlöst von meinem Blondverlangen.
Und Sybil ist mir wie ein ferner Wald,
Aus dem, bevölkert mit den schönen Schlangen,
Der herbstlich rote Schrei des Hirsches schallt.

Nicht mehr im Ruch der faulen Gossen sein.
Ein Eherner zur Sternparade schreiten.
Unter dem blauen Brückenbogen gleiten.
O ganz im süßen See verflossen sein!

Joseph von Eichendorff

Der Kehraus

Es fideln die Geigen,
Da tritt in den Reigen
Ein seltsamer Gast,
Kennt Keiner den Dürren,
Galant aus dem Schwirren
Die Braut er sich faßt.

Hebt an, sich zu schwenken
In allen Gelenken.
Das Fräulein im Kranz:
»Euch knacken die Beine –«
»Bald rasseln auch deine,
Frisch auf spielt zum Tanz!«

Die Spröde hinter'm Fächer,
Der Zecher vom Becher,
Der Dichter so lind,
Muß auch mit zum Tanze,
Daß die Lorbeern vom Kranze
Fliegen im Wind.

So schnurret der Reigen
Zum Saal 'raus in's Schweigen
Der prächtigen Nacht,
Die Klänge verwehen,
Die Hähne schon krähen,
Da verstieben sie sacht. –

So ging's schon vor Zeiten
Und geht es noch heute,
Und hörest du hell
Aufspielen zum Reigen,
Wer weiß, wem sie geigen –
Hüt' dich, Gesell!

Kurt Tucholsky

Die letzte Elektrische

Alle Straßen liegen leer,
Sterne sind zu Bett gegangen;
und kein Schupo angelt mehr
mit den Armen, mit den langen.
    Einsam strahlt Laternenlicht –
    Kommt sie – –
        oder kommt sie nicht –?

Wenn sie und sie kommt noch mal,
sei gelobt und sei gepriesen!
Bis nach Hause sind's total
zweieinhalb nach Adam Riesen.
    Zweieinhalb Stunden bei Dämmerlicht –
    Kommt sie – –
        (ich sage noch zu Schackelmann: »Schackelmann«,
        sag' ich, »noch dreimal rum, dann muß ich aber
        gehn, der letzte Wagen fährt mir ja ab!« – nein! –
        er wird noch 'ne Partie ansagen …)
            oder kommt sie nicht –?

Dies, o Mensch, ist dein Geschick!
Das Leben ist eine Haltestelle.
Und du mußt mit langem Blick
warten, warten auf alle Fälle:
    Auf das Glück, auf die Karriere,
    auf die Frau, die dich begehre, –
    auf die Rente, auf Bekannte,
    auf den Tod der alten Tante – –
Kalkweiß strahlt dein Lebenslicht.
    Kommt sie – –
von Herzen, mit Schmerzen, ein klein bißchen, fast
                gar nicht – –
    oder kommt sie nicht –?

Arno Holz

Durch die Friedrichstrasse
– die Laternen brennen nur noch halb,
der trübe Wintermorgen dämmert schon –
bummle ich nach Hause.

In mir, langsam, steigt ein Bild auf.

Ein grüner Wiesenplan,
ein lachender Frühlingshimmel,
ein weisses Schloss mit weissen Nymphen.

Davor ein riesiger Kastanienbaum,
der seine roten Blütenkerzen
in einem stillen Wasser spiegelt!

Walle Sayer

Kaltstart

Morgensoiree, schattige Wachablösung,
läuft heimkehrend ein Nachtschwärmer
vorbei am gähnenden Zeitungsausträger.

Das karge Nicken,
mit dem sie sich grüßen,
setzt das Tagesgetriebe ingang.

Der Schlaf schickt seine Scharen
in die Nacht

Christian Morgenstern

Der Zwölf-Elf

Der Zwölf-Elf hebt die linke Hand:
Da schlägt es Mitternacht im Land.

Es lauscht der Teich mit offnem Mund.
Ganz leise heult der Schluchtenhund.

Die Dommel reckt sich auf im Rohr.
Der Moosfrosch lugt aus seinem Moor.

Der Schneck horcht auf in seinem Haus;
desgleichen die Kartoffelmaus.

Das Irrlicht selbst macht Halt und Rast
auf einem windgebrochnen Ast.

Sophie, die Maid, hat ein Gesicht:
Das Mondschaf geht zum Hochgericht.

Die Galgenbrüder wehn im Wind.
Im fernen Dorfe schreit ein Kind.

Zwei Maulwürf küssen sich zur Stund
als Neuvermählte auf den Mund.

Hingegen tief im finstern Wald
ein Nachtmahr seine Fäuste ballt:

Dieweil ein später Wanderstrumpf
sich nicht verlief in Teich und Sumpf.

Der Rabe Ralf ruft schaurig: »Kra!
Das End ist da! Das End ist da!«

Der Zwölf-Elf senkt die linke Hand:
Und wieder schläft das ganze Land.

Ada Christen

Großmutter

Dort in dem kleinen Stübchen
   Ist es gar licht und warm,
Großmutter sitzt bei dem Ofen,
   Ihr Enkelchen im Arm.
Sie küßt die Wangengrübchen,
   Sie scherzet mit dem Kind,
Hüllt es in weiche Linnen
   Und wiegt es sacht und lind. –
Schon atmet tief das Bübchen,
   Die Alte lauscht und spinnt,
Summt noch ein Schlummerliedchen,
   Verstummet jäh – und sinnt …
Und stille wird's im Stübchen,
   Es knistert nur das Licht,
Großmutter leis' im Traume
   Von Glück und Jugend spricht …

Ludwig Steinherr

Heimkehr

Todmüde
auf dem Arm der Mutter
mit erhitztem Gesicht

Die Schminke verwischt
Das Kostüm zerrauft

Er will sich nicht
ausziehen lassen

Nein, ihr dürft mich
nicht sehen
ich bin ein Teufel!

und presst das Gesicht
ins Kissen
und umklammert
im Schlaf noch
die Maske

Friedrich Rückert

Schlummerlied

Ich war ein böses Kind
Und schlief nie ungesungen.
Doch schlief ich ein geschwind,
Sobald ein Lied erklungen,
Das meine Mutter sang gelind.

Und also bin ich noch,
Ein Schlaflied muß mir klingen;
Nur dieses lernt' ich doch,
Es selber mir zu singen,
Seit ich der Mutter wuchs zu hoch.

Und was mir tief und hoch
Nun mancherlei erklungen,
Ist nur ein Nachklang doch
Von dem, was sie gesungen;
Die Mutter singt in Schlaf mich noch.

Rainer Maria Rilke

Zum Einschlafen zu sagen

Ich möchte jemanden einsingen,
bei jemandem sitzen und sein.
Ich möchte dich wiegen und kleinsingen
und begleiten schlafaus und schlafein.
Ich möchte der Einzige sein im Haus,
der wüßte: die Nacht war kalt.
Und möchte horchen herein und hinaus
in dich, in die Welt, in den Wald.
Die Uhren rufen sich schlagend an,
und man sieht der Zeit auf den Grund.
Und unten geht noch ein fremder Mann
und stört einen fremden Hund.
Dahinter wird Stille. Ich habe groß
die Augen auf dich gelegt;
und sie halten dich sanft und lassen dich los,
wenn ein Ding sich im Dunkel bewegt.

Markus Breidenich

Nachtlied

Ich sah den farbigen Ausdruck in deinem Gesicht.
Die Augen gelasert. Wie echt. Auf Fotopapier deine
hochaufgelösten Lider. Beim Einschlafen abends.
Ein schönes Motiv. Digital überarbeitet. Müde.

Silke Scheuermann

Metaphern für die letzte Nacht

Schlaf nicht mehr ein diese Nacht Erzähl
wie es weiter geht Was vom Bett übrig
blieb nachdem das Liebeslied von den
Daunen erstickt war Was die Blumenverzierung
der Kissen von Ikebana hält Befrag diese ausgeknipste
Nachttischlampe ob sie sich an den Körper
erinnert der sich anzog und ging als es hell wurde
Draußen der Schnee versteckte weiße Engel

Theodor Fontane

Schlaf

Nun trifft es mich, wie's jeden traf,
Ich liege wach, es meidet mich der Schlaf,
Nur im Vorbeigehn flüstert er mir zu:
»Sei nicht in Sorg', ich sammle deine Ruh,
Und tret' ich ehstens wieder in dein Haus,
So zahl' ich alles dir auf einmal aus.«

Augusta Laar

eines

bring ich
noch zu
stande
heute
augen zu
und durch
die träume
oder wie
das wach
sein heizt
den ofen der
die nacht
verbrennt

Karin Fellner

ich rechne nicht schafe sondern
fantome wie nett sie mit ihren
zähnen knirschen um drei

uhr früh ums bett gruppiert
verhandeln sie meinen fall:
zischel zischel zaripp

auf der liege fixiert
bitt ich um chloroform
doch sie fädeln den wurm

schon in mein ohr bis er tief
sich in die knöchel windet
schwindelanfall während sie

mich einsingen: zischel zaripp

Christian Morgenstern

Der Schlaf

Der Schlaf schickt seine Scharen in die Nacht,
Unholde, Legionen auf Legion …
Vom Rücken schleichen sie ihr Opfer an,
auf leisen Tatzen, und umarmen es,
wie Bären, unentrinnbar und geräuschlos –
bis alle Muskeln ihm erschlafft, und stumm
von ihrer Brust der Leib zu Boden rollt …
Und wenn so alles hingebettet liegt,
so traben sie zu ihrem Herrn zurück,
und ihr Gebrumm erfüllt wie dumpfer Donner
die düstren Waldgebirge seines Reichs.

Tanja Dückers

Zelten (Rapid Eye Movement)

Es ist früh   wir schlafen   unsere Körper
fliegen über die Heide die Weiden   wir streifen
die Grashalme   die Brunnen   die Köpfe
der Mohnblumen   die Mondstuben
unsere Haare verfangen sich
in Fahrradspeichen   Nachtlichtreichen
der Spur von Blindschleichen
ein paar Haarleichen
bleiben morgen im Gras zurück

Es ist früh   wir schlafen   unsere träumenden
Hände geraten in der Luft aneinander
Architektur für Sekundenbewohner
nur für uns
aus Luft und Müdigkeit allein

Ins Unterholz
irgendwo
haben wir die Räder   die Mäntel   die Minzdrops
hingeschmissen   ein Zelt gehißt
eine Wiese ein Mond
das reichte

Christoph Simon

von zufriedenheit zu schlaf

von zufriedenheit zu schlaf ist
ein kurzer schritt federico schläft ein
als sei er metall und sei das bett magnetisch er
dreht sich keinmal auf die andere seite und träumt
              nicht
von sumpfland ungeselligen gringos krautgestrüpp von
fünftausend schafen vor einer steilen felswand
teufelsgruften entsicherten hinterladern träumt auch
              nicht
von blumenfeldern geldstücken prall
gefüllten tellern knapp bedressten frauen von
schlaf zu zufriedenheit ist ein kurzer schritt
am morgen ist federico der erste der vom
bettrand springt frisch wie eine rose der
schlaf ist ein vom tourismus noch kaum berührter ort

Klabund

Laß mich einmal eine Nacht
Ohne böse Träume schlafen,
Der du mich aufs Meer gebracht:
Führ mich in den lichten Hafen!

Wo die großen Schiffe ruhn,
Wo die Lauten silbern klingen,
Wo auf weißen, seidnen Schuhn
Heilige Kellnerinnen springen.

Wo es keine Ausfahrt gibt,
Wo wir alle jene trafen,
Die wir himmlisch einst geliebt –
Laß mich schlafen … laß mich schlafen …

Johann Wolfgang von Goethe

Erlkönig

Wer reitet so spät durch Nacht und Wind?
Es ist der Vater mit seinem Kind;
Er hat den Knaben wohl in dem Arm,
Er faßt ihn sicher, er hält ihn warm. –

Mein Sohn, was birgst du so bang dein Gesicht? –
Siehst, Vater, du den Erlkönig nicht?
Den Erlenkönig mit Kron' und Schweif? –
Mein Sohn, es ist ein Nebelstreif. –

»Du liebes Kind, komm, geh mit mir!
Gar schöne Spiele spiel' ich mit dir;
Manch' bunte Blumen sind an dem Strand;
Meine Mutter hat manch' gülden Gewand.«

Mein Vater, mein Vater, und hörest du nicht,
Was Erlenkönig mir leise verspricht? –
Sei ruhig, bleibe ruhig, mein Kind!
In dürren Blättern säuselt der Wind. –

»Willst, feiner Knabe, du mit mir gehn?
Meine Töchter sollen dich warten schön;
Meine Töchter führen den nächtlichen Reihn
Und wiegen und tanzen und singen dich ein.«

Mein Vater, mein Vater, und siehst du nicht dort
Erlkönigs Töchter am düstern Ort? –
Mein Sohn, mein Sohn, ich seh' es genau;
Es scheinen die alten Weiden so grau. –

»Ich liebe dich, mich reizt deine schöne Gestalt;
Und bist du nicht willig, so brauch' ich Gewalt.« –
Mein Vater, mein Vater, jetzt faßt er mich an!
Erlkönig hat mir ein Leids getan! –

Dem Vater grauset's, er reitet geschwind,
Er hält in Armen das ächzende Kind,
Erreicht den Hof mit Mühe und Not;
In seinen Armen das Kind war tot.

Felix Dörmann

Groteske

Das waren die grauen Gespenster,
Die glitten in schweigender Nacht
Durch leise klirrende Fenster
Und haben getobt und gelacht.

Sie wogten auf und nieder
Auf grünlichem Mondenglast,
Sie dehnten die farblosen Glieder
Und tanzten in fiebernder Hast.

Mit eisigen Fingern durchkrallten
Mein Fleisch sie bis auf's Bein,
Und seltsame Worte lallten
Sie gröhlend und kichernd darein.

Mein Leib in wilden Schauern
Zu winden sich begann,
Die grauen Gespenster sie lauern –
Und kreischend flüchten sie dann.

Heinrich Heine

Im Traum sah ich ein Männchen klein und putzig,
  Das ging auf Stelzen, Schritte ellenweit,
  Trug weiße Wäsche und ein feines Kleid,
  Inwendig aber war es grob und schmutzig.

Inwendig war es jämmerlich, nichtsnutzig,
  Jedoch von außen voller Würdigkeit;
  Von der Courage sprach es lang und breit,
  Und tat sogar recht trotzig und recht stutzig.

»Und weißt du, wer das ist? Komm her und schau'!«
  So sprach der Traumgott, und er zeigt mir schlau
  Die Bilderflut in eines Spiegels Rahmen.

Vor einem Altar stand das Männchen da,
  Mein Lieb daneben, beide sprachen: Ja!
  Und tausend Teufel riefen lachend: Amen!

Paul Scheerbart

Hafentraum

Ich hab in dieser ganzen Nacht
Still wie ein Stall geschlafen.
Ich hab in dieser ganzen Nacht
Geträumt von tausend Schafen.

Sie waren alle dick und rund,
Ich aber war nicht ganz gesund,
Ich kam allmählich auf den Hund;
Es war in einem Hafen.

In diesem Hafen trank ich viel
Mit großen Welt-Matrosen,
Die spielten Handharmonika
Und mit den tausend Schafen.

Günter Saalmann

Der dreißigste Februar

Es war der dreißigste Februar.
Kein Schaltjahr schallte, das Überschaltjahr,
das knallte vom Himmel leise.
Da ging ich auf Forschungsreise.
Ich flog auf dem Nasenfahrrad nach Nord,
überfuhr einen Gaul – warum lief er nicht fort!
Da half ihm kein Gackern und Schnaufen:
Die Milch ist ganz ausgelaufen.
Am Rand lag ein Ochse in träger Ruh
und kaute ein Stereo-Radio dazu,
er musst es zum zweitenmal kauen,
um die Nachrichten zu verdauen.
Nicht weit, im Schatten des Mondenscheins
las ein Hase die Zeitung auf Seite eins,
doch weiter konnt' er nicht lesen:
Ist viel zu erschrocken gewesen.
Ich schrieb in mein Nachtbuch den Reisevermerk:
Den dreißigsten zwoten, am Drückeberg.
Da krähte mein Wecker leise,
und ich kehrte heim von der Reise.

Herrlich ist die Nacht erblüht

Otto Julius Bierbaum

Abendlied

Die Nacht ist nieder gangen,
Die schwarzen Schleier hangen
Nun über Busch und Haus.
Leis rauscht es in den Buchen,
Die letzten Winde suchen
Die vollsten Wipfel sich zum Neste aus.

Noch einmal leis ein Wehen,
Dann bleibt der Atem stehen
Der müden, müden Welt.
Nur noch ein zages Beben
Fühl durch die Nacht ich schweben,
Auf die der Friede seine Hände hält.

Gerrit Engelke

Nachtsegen

Herrlich ist die Nacht erblüht,
Von jedem Blinkstern sprüht
Ein Himmelstropfen –

Die dunkelschwere Schweigestadt
Schläft friedlich, tagessatt,
Unter Himmelstropfen –

Die ganze Stadt ist überregnet
Vom Licht, das alle Schläfer segnet
Diese Nacht.

Günter Eich

Sternschnuppen

Von Funken ein fallend Gewimmel,
stumm und verloschen im Nu, –
Sternschnuppen am nächtlichen Himmel,
euch seh ich gerne zu.

Wenn im August am dunkeln
Mitternachtsfirmament
ihr unter der Sterne Funkeln
glühend zu Nichts verbrennt,

oder im kahlen Geäste,
wenn dann das Jahr sich neigt,
strahlende, lautlose Gäste,
ihr im November euch zeigt.

Euch will ich gerne schauen,
fallet mir Nacht für Nacht,
Sternschnuppen, flüchtig im blauen
Himmel zu Feuer entfacht!

Max Dauthendey

Die Nacht ist heute so wonnig reich.
Die Sterne drängen und hängen so tief,
Die Menschen müssen sich bücken.
Wir greifen und pflücken
Die reifen, sonnigen Sterne.

Eduard Mörike

Um Mitternacht

Gelassen stieg die Nacht ans Land,
Lehnt träumend an der Berge Wand,
Ihr Auge sieht die goldne Waage nun
Der Zeit in gleichen Schalen stille ruhn;
    Und kecker rauschen die Quellen hervor,
    Sie singen der Mutter, der Nacht, ins Ohr
        Vom Tage,
    Vom heute gewesenen Tage.

Das uralt alte Schlummerlied,
Sie achtet's nicht, sie ist es müd;
Ihr klingt des Himmels Bläue süßer noch,
Der flücht'gen Stunden gleichgeschwungnes Joch.
    Doch immer behalten die Quellen das Wort,
    Es singen die Wasser im Schlafe noch fort
        Vom Tage,
    Vom heute gewesenen Tage.

Rose Ausländer

Nicht immer

Schön
auch nackte Nächte

nicht immer
wollen Sterne
Menschen sehn

Matthias Claudius

Die Sternseherin Lise

Ich sehe oft um Mitternacht,
    Wenn ich mein Werk getan
Und niemand mehr im Hause wacht,
    Die Stern' am Himmel an.

Sie gehn da, hin und her zerstreut
    Als Lämmer auf der Flur;
In Rudeln auch und aufgereiht
    Wie Perlen an der Schnur;

Und funkeln alle weit und breit,
    Und funkeln rein und schön;
Ich seh' die große Herrlichkeit
    Und kann mich satt nicht sehn …

Dann saget unterm Himmelszelt
    Mein Herz mir in der Brust:
»Es gibt was Bessers in der Welt
    Als all ihr Schmerz und Lust.«

Ich werf' mich auf mein Lager hin
    Und liege lange wach,
Und suche es in meinem Sinn;
    Und sehne mich darnach.

Georg Heym

Halber Schlaf

Die Finsternis raschelt wie ein Gewand,
Die Bäume torkeln am Himmelsrand.

Rette dich in das Herz der Nacht,
Grabe dich schnell in das Dunkele ein,
Wie in Waben. Mache dich klein,
Steige aus deinem Bette.

Etwas will über die Brücken,
Es scharret mit Hufen krumm,
Die Sterne erschraken so weiß.

Und der Mond wie ein Greis
Watschelt oben herum
Mit dem höckrigen Rücken.

Alfred Lichtenstein

Mondlandschaft

Oben brennt das gelbe Mutterauge.
Überall liegt Nacht wie blaues Tuch.
Fraglos ist, daß ich jetzt Atem sauge.
Ich bin nur ein kleines Bilderbuch.

Häuser fangen Träume bunter Schläfer
Wie in Netzen in den Fenstern auf.
Autos kriechen wie Marienkäfer
Leuchtende Straßen hinauf.

Klabund

Sternschnuppen

Als ein seliger Vagant
Zieh ich in der Sterne Horden,
Streu von meines Schiffes Borden
Goldne Körner in das Land.

Wo ein Mädchen hellen Blicks
Eines Strahles Bahn ergattert,
Fühlt sie leuchtenden Geschicks,
Wie ihr Wunsch zum Stern entflattert. –

Süßer Vogel, halte still,
Komm in meine Sternkajüte,
Sag, was deine süße lütte
Herrin Gutes von mir will …

Margarete Heiß

Werd in der Donau
schwimmen meinverloren
heut nacht
in tiefer Nacht in schwarzer Nacht
Will mit den
Wasserstrudeln tanzen
heut nacht
in tiefer Nacht in schwarzer Nacht
Möchte im Flußbett
liegen bei den Welsen
heut nacht
in tiefer Nacht in schwarzer Nacht
Sollen die Wellen dazu
singen ein schlaflos Lied
heut nacht
in tiefer Nacht in schwarzer Nacht

Ernst Stadler

Fahrt über die Kölner Rheinbrücke bei Nacht

Der Schnellzug tastet sich und stößt die Dunkelheit
        entlang.
Kein Stern will vor. Die ganze Welt ist nur ein enger,
        nachtumschienter Minengang,
Darein zuweilen Förderstellen blauen Lichtes jähe
        Horizonte reißen: Feuerkreis
Von Kugellampen, Dächern, Schloten, dampfend,
        strömend … nur sekundenweis …
Und wieder alles schwarz. Als führen wir ins
        Eingeweid der Nacht zur Schicht.
Nun taumeln Lichter her … verirrt, trostlos
        vereinsamt … mehr … und sammeln
        sich … und werden dicht.
Gerippe grauer Häuserfronten liegen bloß, im
        Zwielicht bleichend, tot – etwas muß
        kommen … oh, ich fühl es schwer
Im Hirn. Eine Beklemmung singt im Blut. Dann
        dröhnt der Boden plötzlich wie ein Meer:
Wir fliegen, aufgehoben, königlich durch
        nachtentrißne Luft, hoch übern Strom.
        O Biegung der Millionen Lichter,
        stumme Wacht,

Vor deren blitzender Parade schwer die Wasser
         abwärts rollen. Endloses Spalier, zum
         Gruß gestellt bei Nacht!
Wie Fackeln stürmend! Freudiges! Salut von Schiffen
         über blauer See! Bestirntes Fest!
Wimmelnd, mit hellen Augen hingedrängt! Bis wo die
         Stadt mit letzten Häusern ihren Gast
         entläßt.
Und dann die langen Einsamkeiten. Nackte Ufer.
         Stille Nacht. Besinnung. Einkehr.
         Kommunion. Und Glut und Drang
Zum Letzten, Segnenden. Zum Zeugungsfest. Zur
         Wollust. Zum Gebet. Zum Meer. Zum
         Untergang.

Erika Burkart

Königskinder

Es ist Winter und Abend,
vom Grat weht es kalt,
eine Nacht, zu erfrieren im Wald.
Keine Vögel, auch keine Krähen,
und nicht zu orten der Donner
ferner, naher Lawinen?
Die Rehe raufen die Krippe leer.

Vor den erleuchteten Fenstern quert
mein Bruder die angeschneite Terrasse,
baut im Gehen an einem Fluchtturm
für Tiere und Königskinder.

Eine Insel jeder Laternenkreis,
im Lichtkegel schwärmen Bienen:
Flockenwirbel entwurzeln das Dorf,
die Wölfe, sagt man,
kehren zurück –,
pirschen und gieren im harschen Schnee,
wenn das Morgendunkel
ins Zimmer wächst.

Achim Wagner

waldnacht

jedes geräusch doppelt
sich selbst das knacken
im unterholz und was
wir uns einbilden tönt
gleichsam wir schleichen
flüstern bedacht wie auf
befehl geschwister in
einer alten geschichte
verschworen kennst
du den weg fragst du
nicht mehr antworte ich
nur das fiepsen einer maus
verrät den flug einer eule

Joseph von Eichendorff

Nacht

Wie schön hier zu verträumen
Die Nacht im stillen Wald,
Wenn in den dunklen Bäumen
Das alte Märchen hallt.

Die Berg' im Mondesschimmer
Wie in Gedanken stehn,
Und durch verworrne Trümmer
Die Quellen klagend gehn.

Denn müd ging auf den Matten
Die Schönheit nun zur Ruh,
Es deckt mit kühlen Schatten
Die Nacht das Liebchen zu.

Das ist das irre Klagen
In stiller Waldespracht,
Die Nachtigallen schlagen
Von ihr die ganze Nacht.

Die Stern' gehn auf und nieder –
Wann kommst du, Morgenwind,
Und hebst die Schatten wieder
Von dem verträumten Kind?

Schon rührt sich's in den Bäumen,
Die Lerche weckt sie bald –
So will ich treu verträumen
Die Nacht im stillen Wald.

Jan Wagner

der brennende hain

als hätte sich ein stück des letzten
abends im gras verfangen,
als zerre ein flackernder fetzen
von sonnenuntergang

an seinem dorn: das friedliche gemälde,
das einmal da
war, schien verschwunden
zu sein, als wir vorm fensterrahmen standen,

geweckt vom läuten, den eselsschreien
der alten pumpe, herausgeru-
fen zu den anderen im hain,
ein chiaroscuro

von morgenmänteln und zerzausten locken,
und mancher dem schluch-
zen nahe. in der pose des laokoon
hantierte irgendjemand mit dem schlauch.

der brand wuchs schneller als ein slum:
ein kampf um jeden ast, um jeden angesengten

stamm, bis wir stumm
um die olivenbäume schwankten,

jeder mit dem goldenen fisch
des widerscheins in eimern voller wasser
und einem arm vorm gesicht –
bis nur die schatten übrigblieben, schwärzer

als schatten, die einzige röte
ein streif am horizont. wenn es kein blitz
gewesen war, was dann? ein atmosphärischer impuls,
die weggeschnippte zigarette

eines glühwürmchens? nach einer weile
krähte ein hahn. ein hahn. ein hahn.
und uns im rücken, prachtvoll wie ein ozean-
riese überm hügel – die villa,

wie für ein fest erleuchtet, dessen gäste
noch kommen werden, gerade fort sind.
wie kalt es war in unseren durchnäßten
sachen, spürten wir erst mit dem wind.

Anton G. Leitner

Die Bojen flüstern

Noch sieht der
Mond schwarz.

Unruhig wälzt sich
das Salz.

In den Bergen
stiftet man
Brand.

Die Aussicht
brennt durch.

Der Morgen bricht mit
Wellen an den
Tag.

Frantz Wittkamp

Nachtfalter falten die Nacht zusammen
und tragen sie vorsichtig in den Keller.
Im Morgenrot steht der Himmel in Flammen.
Der Tag ist da. Es wird heller und heller.

Anhang

Eine Reise
in die Mondscheinwelt

Die Nacht hat viele Facetten: Sie kann betören oder verstören, berauschen, Angst einflößen oder Geheimnisse bewahren. Was im Tageslicht noch klar umrissen erscheint, verliert im Dunkeln an Farbe und Kontur: Nachts sind alle Katzen grau. Argwohn und Unsicherheit machen Freunde zu Schurken, ein Schatten wird zum Phantom und das Gebüsch zum lauernden Bösewicht. Aber die Nacht bedeutet auch Stille und Geborgenheit, Rückzug vom lärmenden Tagesgeschehen, Freizeit und Muße. Sie bietet Zuflucht im Alltag. In der nächtlichen Privatsphäre lockern sich die sozialen Zwänge. Es wird geliebt, gespielt und getrunken. Die Dunkelheit dient Pärchen und ›Fremdgängern‹ als natürliches Versteck. Sie schafft intime Stimmungen und sinnliche Momente.

Seit jeher übt die Nacht eine große Faszination auf den Menschen aus und inspiriert Dichter und andere Künstler. Der vorliegende Band versammelt Nachtgedichte aus vier Jahrhunderten und zeigt, wie sich das Gesicht der ›Mondscheinwelt‹ in dieser Zeit verändert hat. In der Frühzeit richtete sich der Rhythmus des Lebens nach den Tageszeiten. Bei Einbruch der Dunkelheit gingen die Menschen schlafen und mit der

Morgendämmerung standen sie auf, um ihr Tagwerk zu beginnen. Erst das künstliche Licht ermöglichte es dem Menschen, die Dunkelheit zu nutzen.

Die Erfahrung der ›schwarzen‹ Nacht ist uns heutzutage in der vertrauten Umgebung abhanden gekommen. Wer den Sternenhimmel in seiner ganzen Pracht bewundern will, muss die Zivilisation hinter sich lassen. Während früher in unbeleuchteten Städten und Dörfern vielerlei Gefahren lauerten, können wir heute per Knopfdruck Licht ins Dunkel bringen. Seitdem Laternen unsere nächtlichen Straßen erhellen, verwischen die Grenzen zwischen Tag und Nacht: Dort, wo vormals die Dunkelheit durch Aberglaube und reale Bedrohungen den Lebensbereich einengte, öffnete insbesondere die elektrische Beleuchtung neue Räume für soziales Leben und Vergnügungen. Die Menschen fühlten sich sicherer; Promenieren kam in Mode. Theater, Lustgärten, Spielkasinos und Tanzpaläste erfreuten sich großer Beliebtheit. Maskenbälle dauerten bis in die frühen Morgenstunden. Die Nacht wurde zum Tag gemacht – und diese Entwicklung verstärkte sich im Laufe des 20. Jahrhunderts bis heute immer mehr.

Die vorliegenden 84 Gedichte von der Aufklärung bis in die Gegenwart erinnern daran, was die Nacht, damals wie heute, so verführerisch macht. Mit der Dämmerung treten Lyriker ihre Reise in die Dunkelheit an. Sie folgen Liebenden und Schwärmern, Tänzern und Trinkern, Träumern und Sternguckern.

Der Sonnenuntergang ist die erste Station unserer poetischen Nachtfahrt. Während Karl Krolow die »Handstreiche der Dämmerung« enthüllt, sammelt Morgensterns runzelige Alte das letzte Licht in ihrer Schürze. »Ganz winzge Dinge« werden plötzlich wichtig, so Alfred Lichtenstein. Das Werkstatthämmern verstummt, Abendkleider huschen vorüber, die Gassen schweigen.

Höchste Zeit für Gefühle: Wo der eine nur vom geliebten Wesen träumt, bringt der andere schon ein Ständchen dar oder beobachtet eine Göttin im Schlaf. »Schlummre, schlummre sanft, o Schöne!«, flüstert Heinrich Wilhelm von Gerstenberg, aber die Liebe ist bereits verraten und nun »singens auf Straßen und Märkten / Die Mädchen und Knaben im Chor«. Anna Ritter weiß es genau: »Das hat die Sommernacht getan«.

Doch selbst warme Betten können die Nachtmenschen nicht halten, wenn »Sternstraßen« locken oder der Tango »durch Nacht und Flieder« tönt. Das Leben will gefeiert sein. Während Matthias Politycki den korrekten Genuss eines irischen Biers erklärt, prostet Robert Gernhardt diversen Philosophen zwischen »Theke« und »Antitheke« zu. Frank Wedekind bittet zum Tanz: »Wirf dir übern Kopf die Schuh, / Wirf dein Röckchen auch dazu!« – »Es fiedeln die Geigen«, bis der Kehraus die Nachtschwärmer in die Straßen hinaustreibt. Und beim Warten auf die »letzte Elektrische« dämmert Tucholsky langsam die Erkenntnis: »Das Leben ist eine Haltestelle«.

Wer nicht ausgeht, frönt dem Schlaf. Manchmal braucht es ein Schlummerlied, um zur Ruhe zu kommen. »Ich möchte dich wiegen und kleinsingen/und begleiten schlafaus und schlafein«, verspricht Rainer Maria Rilke. »Komm her und schau'!«, flüstert Heines Traumgott und taucht den Schläfer in eine überwältigende Bilderflut. Und wenn am Morgen der Wecker kräht, kehrt Günther Saalmann »heim von der Reise«.

Die einen lieben, andere tanzen, manche träumen, und über allen strahlen die Sterne. »Herrlich ist die Nacht erblüht,/Von jedem Blinkstern sprüht/Ein Himmelstropfen«, schwärmt Gerrit Engelke. »Schön« sind aber »auch nackte Nächte«, findet Rose Ausländer. Dann kriechen Autos »wie Marienkäfer/Leuchtende Straßen hinauf« (Lichtenstein) und »jeder Laternenkreis« (Burkart) ist eine Insel. Gegen Morgen kommt die Zeit der »Nachtfalter« (Wittkamp): Sie »falten die Nacht zusammen«. Der Tag ist wieder da!

Anton G. Leitner und Gabriele Trinckler
Weßling und München im September 2008

Quellennachweis

Friedrich Ani (*1959)
Der Schauspieler 62
Originalbeitrag. © Friedrich Ani, München

Rose Ausländer (1901–1988)
Nicht immer 106
In: Und preise die kühlende Liebe der Luft. Gedichte
1983–1987. © S. Fischer Verlag GmbH, Frankfurt am Main
1988

Rosa Maria Bächer (*1950)
Nacht bar 51
Originalbeitrag. © Rosa Maria Bächer, Passau

Ulrich Johannes Beil (*1957)
Galaktisches Licht 14
Originalbeitrag. © Ulrich Johannes Beil, München und Zürich

Gottfried Benn (1886–1956)
Schöner Abend 13
In: Sämtliche Gedichte. © Klett-Cotta, Stuttgart 1998

Otto Julius Bierbaum (1865–1910)
Abendlied 101
Gegen Abend 18
Maikaterlied 34
In: Irrgarten der Liebe. Verliebte, launenhafte und moralische
Lieder, Gedichte und Spruche aus den Jahren 1885 bis 1900.
Mit Leisten und Schlussstuecken geschmueckt von Heinrich
Vogeler. Leipzig 1901

Heinrich Christian Boie (1744–1806)
Der Säufer an den Vollmond 61
In: Musenalmanach für 1789. Herausgegeben von J. H. Voß.
Hamburg 1789

Markus Breidenich (*1972)
Nachtlied 83
Originalbeitrag. © Markus Breidenich, München

Anna Breitenbach (*1952)
la rose vampire 35
Originalbeitrag. © Hilga Wesle, Esslingen

Jürgen Bulla (*1975)
Nachtstück, Zusmarshausen 58
Originalbeitrag. © Jürgen Bulla, München

Markus Bundi (*1969)
Drehe mich 30
Originalbeitrag. © Markus Bundi, Baden (Schweiz)

Erika Burkart (*1922)
Königskinder 114
Originalbeitrag. © Erika Burkart, Althäusern bei Muri (Schweiz)

Wilhelm Busch (1832–1908)
Ständchen 28
In: Und überhaupt und sowieso. Reimweisheiten. Ausgewählt
und herausgegeben von Günter Stolzenberger. München 2007

Adelbert von Chamisso (1781–1838)
Verratene Liebe 41
In: Werke in zwei Bänden. Erster Band: Gedichte. Dramati-
sches. Herausgegeben von Werner Feudel und Christel Laufer.
Leipzig 1980

Manfred Chobot (*1947)
gib dir keine mühe 38
Originalbeitrag. © Manfred Chobot, Wien

Ada Christen (1839–1901)
Großmutter 79
In: Schatten. Hamburg 1872

Matthias Claudius (1740–1815)
Die Sternseherin Lise 107
In: Sämtliche Werke. Gedichte. Prosa. Briefe in Auswahl. Herausgegeben von Hannsludwig Geiger. Berlin, Darmstadt, Wien 1967

Max Dauthendey (1867–1918)
Die Nacht ist heute so wonnig reich 104
In: Reliquien. Gedichte. Leipzig 1913

Felix Dörmann (1870–1928)
Groteske 94
In: Sensationen. Wien 1892

Tanja Dückers (*1968)
Zelten (Rapid Eye Movement) 89
Originalbeitrag. © Tanja Dückers, Berlin und Barcelona

Günter Eich (1907–1972)
Sternschnuppen 103
In: Gesammelte Werke in vier Bänden. Band I: Die Gedichte. Die Maulwürfe. © Suhrkamp Verlag Frankfurt am Main 1991

Joseph von Eichendorff (1788–1857)
Der Kehraus 68
Nacht 116
In: Schläft ein Lied in allen Dingen. Gedichte. Ausgewählt und
herausgegeben von Joseph Kiermeier-Debre. München 2007

Gerrit Engelke (1890–1918)
Katzen 12
Nachtsegen 102
In: Das Gesamtwerk. Rhythmus des neuen Europa. Herausge-
geben von Dr. Hermann Blome. München 1960

Karin Fellner (*1970)
ich rechne nicht schafe sondern 87
Originalbeitrag. © Karin Fellner, München

Theodor Fontane (1819–1898)
Schlaf 85
In: Werke, Schriften und Briefe. Abteilung I, Band 6: Balladen
und Gedichte. Herausgegeben von Walter Keitel und Helmuth
Nürnberger. München 1978

Robert Gernhardt (*1937–2006)
Theke – Antitheke – Syntheke 56
In: Im Glück und anderswo. Gedichte. © S. Fischer Verlag
GmbH, Frankfurt am Main 2002

Heinrich Wilhelm von Gerstenberg (1737–1823)
Das schlafende Mädchen 33
In: Tändeleyen. Dritte und vermehrte Auflage. Leipzig 1765

Johann Wilhelm Ludwig Gleim (1719–1803)
An die Schläfrigkeit 60
In: Sämmtliche Werke. Erste Originalausgabe aus des Dichters
Handschriften durch Wilhelm Körte. Erster Band. Hildesheim
und New York 1971
Geschäfte 29
In: Versuch in Scherzhaften Liedern und Lieder. Nach den
Erstausgaben von 1744/45 und 1749 mit den Körteschen Fas-
sungen im Anhang kritisch herausgegeben von Alfred Anger.
Tübingen 1964

Johann Wolfgang von Goethe (1749–1832)
Erlkönig 92
In: Werke. Hamburger Ausgabe in 14 Bänden. Band 1: Gedichte
und Epen I. Textkritisch durchgesehen und kommentiert von
Erich Trunz. München 2000

Heinrich Heine (1797–1856)
Im Traum sah ich ein Männchen klein und putzig 95
In: Buch der Lieder. Herausgegeben von Joseph Kiermeier-
Debre. München 1997

Margarete Heiß (*1953)
Werd in der Donau 111
In: Kieselhüpfen. Gedichte. © 1999 lichtung verlag GmbH,
Viechtach

Georg Heym (1877–1912)
Halber Schlaf 108
In: Dichtungen und Schriften. Gesamtausgabe. Herausgegeben
von Karl Ludwig Schneider. Band 1: Lyrik. Mit fünf Hand-
schriftenproben. Hamburg und München 1964

Arno Holz (1863–1929)
Durch die Friedrichstrasse 72
In einen brennenden Abendhimmel 17
In: Phantasus. Faksimiledruck der Erstfassung. Herausgegeben
von Gerhard Schulz. Stuttgart 1968

Klabund (1890–1928)
Der verliebte Knecht 36
Sternschnuppen 110
In: Morgenrot! Klabund! Die Tage dämmern! Berlin 1913
Laß mich einmal eine Nacht 91
Mond und Mädchen 27
Tango 50
In: Das Leben lebt. Gedichte. Ausgewählt und herausgegeben
von Joseph Kiermeier-Debre. München 2003
Musik! Musik! 67
In: Sämtliche Werke. Band I: Lyrik. Zweiter Teil. Herausgege-
ben von Ramazan Şen. Amsterdam, Atlanta und Würzburg 1998

Karl Krolow (1915–1999)
Handstreiche der Dämmerung 9
In: Gesammelte Gedichte. Vier Bände. © Suhrkamp Verlag
Frankfurt am Main 1997

Jürgen Kross (*1937)
verlöre im raum. bewegung 19
Originalbeitrag. © Jürgen Kross, Mainz

Fitzgerald Kusz (*1944)
nachtschwärmer 53
Originalbeitrag. © Fitzgerald Kusz, Nürnberg

Augusta Laar (*1955)
eines 86
Originalbeitrag. © Augusta Laar, Krailling

Anton G. Leitner (*1961)
Die Bojen flüstern 120
In: Im Glas tickt der Sand. Echtzeitgedichte 1980–2005.
© 2006 lichtung verlag GmbH, Viechtach

Alfred Lichtenstein (1889–1914)
In den Abend 10
Mädchen 47
Mondlandschaft 109
In: Gesammelte Gedichte. Mit Photos, Porträt und Faksimiles.
Auf Grund der handschriftlichen Gedichthefte Alfred Lichten-
steins kritisch herausgegeben von Klaus Kanzog. Zürich 1962

Kurt Marti (*1921)
wetterumsturz nachts 42
In: Der Traum, geboren zu sein. Ausgewählte Gedichte
© 2003 Nagel&Kimche im Carl Hanser Verlag, München

Klaus Merz (*1945)
Ausser Rufweite 59
Originalbeitrag. © Klaus Merz, Unterkulm (Schweiz)

Christian Morgenstern (1871–1914)
Abenddämmerung 20
In: Gedichte in einem Band. Frankfurt am Main und Leipzig
2003
Der Schlaf 88
In: Jubiläumsausgabe in vier Bänden. Band II: Melancholie,
Einkehr und andere Dichtungen. Herausgegeben von Clemens
Heselhaus. München und Zürich 1979
Der Zwölf-Elf 77
In: Jubiläumsausgabe in vier Bänden. Band I: Galgenlieder,
Palmström und andere Grotesken. Herausgegeben von Cle-
mens Heselhaus. München und Zürich 1979

Eduard Mörike (1804–1875)
Um Mitternacht 105
In: Horch, von fern ein leiser Harfenton. Gedichte. Ausgewählt
und herausgegeben von Dietmar Jaegle. München 2004

Sabina Naef (*1974)
Dämmerung 11
Originalbeitrag. © Sabina Naef, Luzern (Schweiz)

Ole Petras (*1980)
Tagelied 39
Originalbeitrag. © Ole Petras, Kiel

Matthias Politycki (*1955)
Das Guinness-Gleichnis 54
Originalbeitrag. © Matthias Politycki, Hamburg und München

Rainer Maria Rilke (1875–1926)
Dame auf einem Balkon 23
Zum Einschlafen zu sagen 82
In: Gesammlete Gedichte. Frankfurt am Main 1962

Joachim Ringelnatz (1883–1934)
Ferngruß von Bett zu Bett 40
In: Gesammelte Gedichte. Berlin 1959

Anna Ritter (1865–1921)
Das hat die Sommernacht getan 37
In: Gedichte. Stuttgart 1901

Friedrich Rückert (1788–1866)
Ich lag von sanftem Traum umflossen 32
Schlummerlied 81
In: Rückerts Werke. Herausgegeben von Georg Ellinger. Kritisch durchgesehene und erläuterte Ausgabe. Erster Band. Leipzig und Wien 1897

Günter Saalmann (*1936)
Der dreißigste Februar 97
Das Gedicht. Nr. 13. Herausgegeben von Anton G. Leitner. Weßling 2005. © Günter Saalmann, Chemnitz

Walle Sayer (*1960)
Kaltstart 73
Originalbeitrag. © Walle Sayer, Horb-Dettingen

Paul Scheerbart (1863–1915)
Hafentraum 96
In: Katerpoesie. Hauptsächliche Gedichte. Herausgegeben von Hellmut Draws-Tychsen. Stuttgart 1963

Silke Scheuermann (*1973)
Metaphern für die letzte Nacht 84
In: Über Nacht ist es Winter. Gedichte. © Schöffling & Co. Verlagsbuchhandlung GmbH, Frankfurt am Main 2007

Christoph Simon (*1972)
von zufriedenheit zu schlaf 90
Originalbeitrag. © Christoph Simon, Bern (Schweiz)

Ernst Stadler (1883–1914)
Fahrt über die Kölner Rheinbrücke bei Nacht 112
Gang in der Nacht 48
In: Der Aufbruch und Verstreute Gedichte aus den Jahren
1910–1914. Mit einem Nachwort von Martin Reso. Berlin und
Weimar 1983

Ludwig Steinherr (*1962)
Heimkehr 80
In: Fresko, vielfach übermalt. Gedichte. München 2002.
© Ludwig Steinherr, München

Kurt Tucholsky (1890–1935)
Die letzte Elektrische 70
In: Gedichte in einem Band. Herausgegeben von Ute Maack
und Andrea Spingler. Frankfurt am Main und Leipzig 2006

Ludwig Uhland (1787–1862)
Die Abgeschiedenen 43
Die Nachtschwärmer 64
Traumdeutung 31
In: Gedichte. Vollständige kritische Ausgabe auf Grund des
handschriftlichen Nachlasses besorgt von Erich Schmidt und
Julius Hartmann. Erster Band. Stuttgart 1898

Achim Wagner (*1967)
waldnacht 115
Originalbeitrag. © Achim Wagner, Köln

Jan Wagner (*1971)
der brennende hain 118
Originalbeitrag. © Jan Wagner, Berlin

Frank Wedekind (1864–1918)
Junges Blut 52
In: Werke in drei Bänden. Band 2: Dramen 2. Gedichte. Berlin
und Weimar 1969

Frantz Wittkamp (*1943)
Nachtfalter falten die Nacht zusammen 121
Originalbeitrag. © Frantz Wittkamp, Lüdinghausen

Für Liebhaber der Poesie –
Geschenkbücher im kleinen Format

Ein Nilpferd schlummerte im Sand
Gedichte für Tierfreunde
Hg. v. A. G. Leitner und
G. Trinckler
ISBN 978-3-423-13754-6

Die Arche der Poesie
Lieblingsgedichte
deutscher Dichter
Hg. v. A. G. Leitner
ISBN 978-3-423-13561-0

Dies alles für Dich
Liebesgedichte
Hg. v. F.-H. Hackel
ISBN 978-3-423-20522-1

**Gedichte
für einen Regentag**
Hg. v. M. Mayer
ISBN 978-3-423-20563-4

**Gedichte
für einen Sonnentag**
Hg. v. M. Mayer
ISBN 978-3-423-20705-8

**Gedichte
für eine Mondnacht**
Hg. v. M. Mayer
ISBN 978-3-423-20859-8

**Gedichte
für Nachtmenschen**
Hg. v. A. G. Leitner und
G. Trinckler
ISBN 978-3-423-13726-3

**Gedichte
für einen Sommertag**
Hg. v. G. Bull
ISBN 978-3-423-13663-1

**Gedichte
für einen Wintertag**
Hg. v. G. Bull
ISBN 978-3-423-13604-4

Ich woll't ein Sträußlein binden
Blumengedichte
Hg. v. G. Bull
ISBN 978-3-423-13638-9

Bitte besuchen Sie uns im Internet: www.dtv.de

Für Liebhaber der Poesie –
Geschenkbücher im kleinen Format

Goethe und Schiller
Die Balladen
Hg. v. J. Kiermeier-Debre
ISBN 978-3-423-**13512**-2

Heinrich Heine
**Der Tag ist in die Nacht
verliebt**
Hg. v. J.-C. Hauschild
ISBN 978-3-423-**13390**-6

Hermann Hesse
Taumelbunte Welt
Gedichte
Hg. v. C. Bartscherer
ISBN 978-3-423-**13675**-4

Mascha Kaléko
Mein Lied geht weiter
Hg. v. G. Zoch-Westphal
ISBN 978-3-423-**13563**-4

Klabund
Das Leben lebt
Hg. v. J. Kiermeier-Debre
ISBN 9978-3-423-**20641**-9

Rainer Maria Rilke
Dies Alles von mir
Hg. v. F.-H. Hackel
ISBN 978-3-423-**12837**-7

Friedrich Schiller
**Und das Schöne blüht
nur im Gesang**
Gedichte
Hg. v. J. Kiermeier-Debre
ISBN 978-3-423-**13270**-1

Zu den Sternen fliegen
Gedichte der Romantik
Hg. v. R. Görner
ISBN 978-3-423-**13660**-0

Im Reich der Poesie
50 Gedichte
englisch-deutsch
Hg. u. übers. v.
H.-D. Gelfert
ISBN 978-3-423-**13687**-7

Bitte besuchen Sie uns im Internet: www.dtv.de

Friedrich Schiller in der
dtv-Bibliothek der Erstausgaben

Herausgegeben von Joseph Kiermeier-Debre

Die Räuber
Ein Schauspiel
Frankfurt und
Leipzig 1781
ISBN 978-3-423-02601-7

Maria Stuart
Ein Trauerspiel
Tübingen 1801
ISBN 978-3-423-02611-6

Kabale und Liebe
Ein bürgerliches
Trauerspiel in fünf
Aufzügen
Mannheim 1784
ISBN 978-3-423-02622-2

Dom Karlos
Infant von Spanien
Leipzig 1787
ISBN 978-3-423-02636-9

Wilhelm Tell
Schauspiel
Tübingen 1804
ISBN 978-3-423-02647-5

Wallenstein
Ein dramatisches Gedicht
Tübingen 1800
Wallensteins Lager
Die Piccolomini
Wallensteins Tod
ISBN 978-3-423-02660-4

Jeder Band der dtv-Bibliothek der Erstausgaben enthält – neben dem originalgetreuen Abdruck des Textes – einen informativen Anhang: Anmerkungen zur Textgestalt, ein Glossar, Daten zu Leben und Werk sowie ein ausführliches Nachwort des Herausgebers zur Entstehungs- und Wirkungsgeschichte.

Bitte besuchen Sie uns im Internet: www.dtv.de